Perla y el bolso perdido

WENDY HARMER

Ilustrado por Mike Zarb

BEASCOA

Para Josephine y Rosalind

Título original: *Pearlie and the Lost Handbag*
Traducción: Gonzalo García
Realización: Àtona, SL

Beascoa. Random House Mondadori, S. A.
Travessera de Gràcia, 47-49, 08021 Barcelona

5ª edición: noviembre 2010

Publicado por primera vez por Random House Australia, 2005

ISBN: 9788448823177
Depósito legal: B-43742-2010
Imprime y encuaderna Bigsa

Era una tarde de martes, cálida y soleada, en el Parque de la Alegría. Los pequeños habían vuelto a casa para dormir la siesta y los mayores estaban de nuevo en sus trabajos, después de tomar unos bocadillos bajo la sombra de los árboles.

A Perla, el hada del parque, le encantaba aquella hora tan tranquila. El sol se reflejaba en sus alas mientras revoloteaba asegurándose de que todo estuviera limpio y ordenado. ¡Como debe ser!

Pero cuando regresaba a su caparazón de la vieja fuente de piedra, para tomar un poquito de té, vio un cartel pegado a una farola.

Esto es
lo que decía
el cartel:

—¡Por todas las flores del parque! —dijo Perla—. ¡Ya sé qué bolso es! Es el de aquella viejecita tan amable que cada día viene a dar de comer a los patos. Falta poco para que cierren la verja de la entrada; mejor que me ponga a buscarlo ya mismo.

Salió zumbando rápidamente y buscó sin descanso. Miró cerca del estanque: arriba, en las ramas, y abajo, en las rocas; detrás de los arbustos y dentro de las papeleras; por todos los alrededores y por toda la zona de juegos. Pero en ninguna parte vio un bolso rojo con topos blancos.

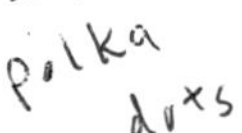

Perla decidió reunir a todos los animales del Parque de la Alegría, por si alguno había encontrado el bolso. Hizo tintinear las perlas de su varita mágica y uno por uno los animalillos se fueron congregando junto a la fuente.

—Por favor —dijo Perla—, necesito vuestra ayuda. La señora Brown ha perdido el bolso en nuestro parque.
¿Alguien lo ha visto? Es rojo, con topos blancos.

—¡Cuac, cuac! Yo no, lo siento —dijo Mamá Oca, que cobijaba en sus alas a sus cuatro hijitos ya cansados—. No me he encontrado ningún bolso, pero sí esto, en un extremo del estanque —añadió, sacando de su delantal un sonajero de plástico rosa.

—¡Ah, nosotras sabemos de quién es! —dijo la araña Rabieta.

—Sí, nosotras lo sabemos —susurró su hermana Sedita—. Es de aquel bebé tan adorable de pelo rojo y rizado, el del cochecito azul. ¡Es una cosita preciosa!

—Sí que es suyo —dijo la zarigüeya Pincel—. Su familia ha estado merendando debajo de nuestro árbol.

Y la zarigüeya Dulce precisó:

—La hermana mayor ha tomado pastel de hada con azúcar de color rosa y un vaso de limonada; y el bebé se ha zampado un bol entero de papilla de frutas.

Las cuatro ranas gordas también habían visto al bebé.

—Ayer tiró ese mismo sonajero al agua del estanque —contó la mayor.

—Es verdad, ¡como que fue a parar a mi cabeza! —dijo otra—. ¡Mira tú qué chichón!

Pero nadie había visto el bolso de la señora Brown.

—¡Vaya jaleo! —dijo Perla—. Los bebés siempre andan perdiendo cosas... Dejaremos el sonajero en la caja de los objetos perdidos, a la entrada del parque, y ya lo devolveremos cuando podamos.

«Mmm... —pensó entonces—, estos animalillos se enteran de todo lo que pasa en el parque. ¡Serían unos detectives de primera!» Deseó buenas noches a todos sus amigos y les pidió por favor que a la mañana siguiente volvieran a mirar.

Aquella noche, mientras cepillaba su largo cabello plateado, Perla no podía dejar de pensar en la señora Brown.

«Ay, pobre, ¡estará preocupada! —pensaba Perla—. ¿Qué debía de llevar en el bolso? El monedero y las gafas, supongo. Quizá incluso tuvo que hacer a pie el camino de casa, si se había quedado sin dinero para el autobús...»

Posó su cabeza en la suave almohada de volantes azules e intentó descansar un poco.

Pero lo que Perla no sabía es que el bolso no estaba perdido... Aquellos dos ratones desagradables, el Flaco y el señor Pulgas, lo habían arrastrado hasta un escondrijo que conocían, debajo de una cisterna.

Propiedad de la Corona

—Veamos, a ver qué hay por aquí... —dijo el Flaco mientras se escurría hacia el interior—. ¡Pues vaya! No hay más que este pañuelote. ¡El monedero se habrá caído por el camino!

—Venga, entonces devolvemos el bolso y nos llevamos la recompensa —dijo el señor Pulgas con su voz chillona.

—No, no, ¡aún no! —gruñó el Flaco—. ¿No te das cuenta? Cuanto más tiempo pase, más jugosa será la recompensa. ¡Seremos MILLONARIOS! —dijo el Flaco, y soltó una carcajada.

—Bueno, de todas formas ahora es tarde para hacer otra cosa —concedió a medias el señor Pulgas.

El Flaco se enfadó:

—Pues anda y busca mañana el monedero, cuando te despiertes. Pero ahora, este pañuelo tan suave será una almohada de lujo —el ratón dejó caer su pulgosa cabeza sobre el pañuelo de la señora Brown y el señor Pulgas corrió a imitarlo. Al poco rato, ambos estaban dormidos.

A la mañana siguiente, los animales del parque desayunaron y luego se reunieron en la fuente, dispuestos a buscar por todas partes el bolso perdido.

En la farola había un nuevo cartel:

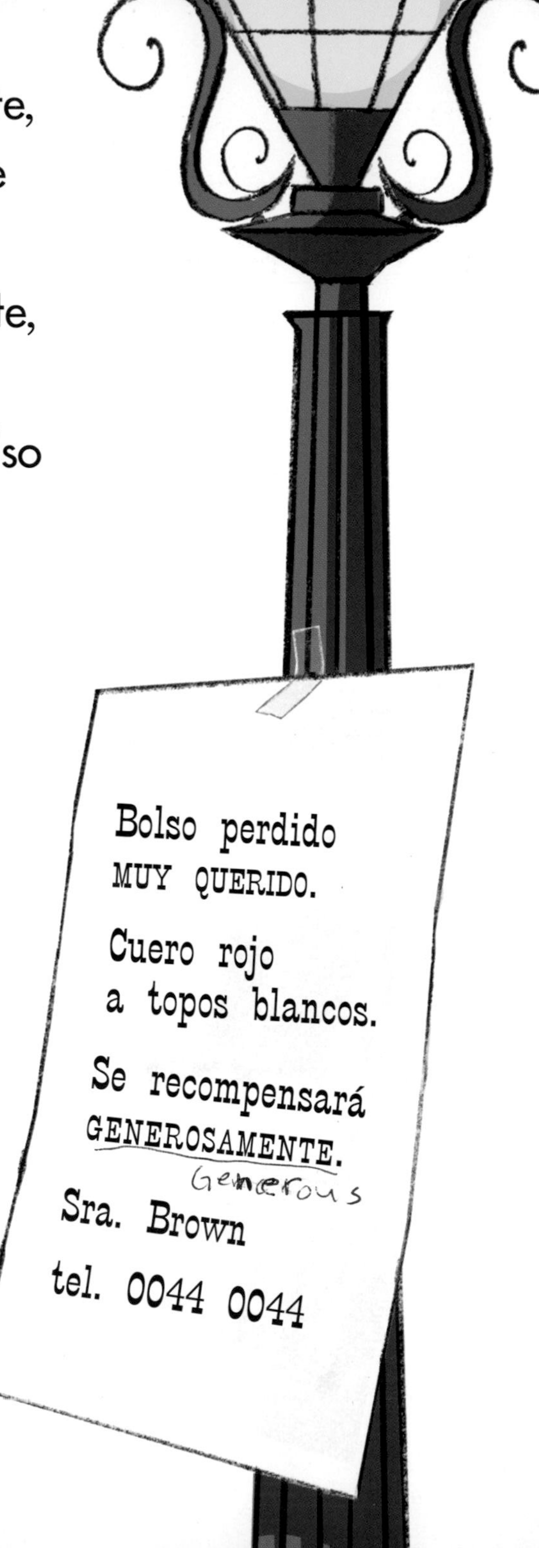

Bolso perdido
MUY QUERIDO.
Cuero rojo
a topos blancos.
Se recompensará
GENEROSAMENTE.
Sra. Brown
tel. 0044 0044

—Por el amor del estanque, ¡vaya desastre! —exclamó Perla—. Pobre señora Brown: ¡tenemos que encontrar su bolso! Si lo buscamos entre todos seguro que será más fácil.

—Hoy quiero que busquéis cualquier pista —dijo—. Mamá Oca, tú y tus cuatro hijitos pasead por los alrededores del lago, a ver qué encontráis.

—Ranas, vosotras mirad en el agua.

—Sedita y Rabieta, vosotras dos, por favor, usad vuestras ocho patitas para peinar la hierba.

—Dulce y Pincel, vosotros podéis ver de noche, así que buscad por los rincones más oscuros. Nos encontraremos a última hora de la tarde, con todo lo que hayamos reunido.

En un momento, los animales se pusieron manos a la obra, cada uno en su zona.

Perla regresó a su caparazón y dibujó un gran mapa del parque en el reverso de una bolsa de papel.

Kio

Entre tanto, el Flaco y el señor Pulgas seguían debajo de la cisterna, peleándose de nuevo.

—No he podido encontrar el monedero —dijo el señor Pulgas, resoplando—. Pero hay otro cartel. Ahora dice que «se recompensará GENEROSAMENTE». Así que mejor devolvemos el bolso y nos ganamos los millones.

—No, no, ¡aún no! —gritó el Flaco—. Si nos esperamos, nos darán aún MÁS DINERO, ¡y entonces seremos ARCHIMILLONARIOS!

—¿Estás seguro? —preguntó el señor Pulgas, rascándose la cabeza.

—¡CLARO QUE SÍ! —chilló el Flaco—. Y por cierto, ¿quieres mordisquear un poco, para desayunar?

—¿A qué sabe? —quiso saber el señor Pulgas. Y le dio un buen bocado al asa—. ¡Vaya, esto es delicioso!

Los dos roedores soltaron un eructo descomunal y les entró la risa.

parque infantil
colina
banco
estanque
kiosco
cister
hierba alta
invernadero

Por la tarde, Perla extendió el mapa en medio de la hierba. Los animales se juntaron alrededor para contar qué habían visto.

Las cuatro ranas estaban emocionadas.

—¡Mira esto, Perla! —dijo la mayor—. Unas gafas con la letra *B* en una de las patillas.

—Estaban en el barro. Yo creo que son las gafas de la señora Brown —dijo otra de las ranas.

Perla señaló en el mapa el sitio donde habían aparecido.

—Nosotras hemos mirado en la hierba, y donde está más alta y crecida hemos encontrado un monedero —dijo Rabieta.

—Estaba *aquí* —añadió Sedita, mostrando un punto en el mapa.

Perla corrió a recoger el monedero. Era el de la señora Brown, seguro, porque dentro apareció su carnet de la biblioteca. También había un billete de cinco dólares. ¡Por suerte, su dueña lo iba a recuperar!

—Nosotros hemos visto huellas aquí, junto al estanque —parpó Mamá Oca—. Eran ocho huellas pequeñitas, y parecía que arrastraban algo.

Mamá Oca indicó a Perla dónde había encontrado esos rastros.

Era el turno de las zarigüeyas, que explicaron:

—Oímos gritos que salían de debajo de la cisterna —empezó Dulce.

—Y vimos al señor Pulgas, que corría a esconderse —terminó Pincel.

Perla señaló la cisterna con una gran *X*. ¡Ahora ya entendía qué había ocurrido!

—Lo habéis hecho muy bien. ¡Muchísimas gracias! —dijo Perla—. Resulta que alguien se ha *encontrado* el bolso de la señora Brown, ¡pero no lo quiere devolver!

—¡Aaaah!... ¡Es increíble! —no podían creer que pasara algo así en el Parque de la Alegría.

—¡Aquí va a haber jaleo! En marcha, amigos. ¡Nos vamos! —gritó Perla, que salió disparada hacia la cisterna, con todos los animales detrás.

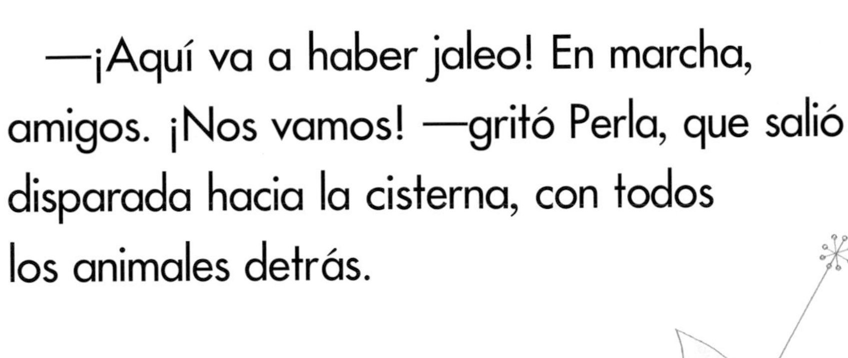

Antes de llegar a la cisterna ya se podían oír las voces de los dos ratones, que estaban peleándose y discutiendo una vez más.

—Yo quiero la recompensa, ¡y la quiero AHORA! —se desgañitaba el señor Pulgas.

—Ya te lo he dicho: si esperamos otro día ¡la recompensa será MAYOR! —berreaba el Flaco.

Al oírlos, Perla se molestó de verdad. Frotó sus alas con enfado y sus verdes ojos lanzaron destellos de cólera. Agitó la varita y, al ver la luz, los ratones se apresuraron a esconderse en el bolso.

—¡SOIS UNOS RATONES MALÍSIMOS! —gritó con decisión—. ¡DADME ESE BOLSO AHORA MISMO!

—Pero claro, Perla, claro, ¡ya mismo! —gimoteó el señor Pulgas.

—Lo encontramos en el estanque... y lo estábamos cuidando, ¡eso es! —mintió el Flaco.

—¡Sé perfectamente qué estabais haciendo! Sois unos mezquinos —replicó Perla—, y queríais quedaros el bolso por la recompensa. Pues por no haberlo devuelto a su dueña, ¡ahora no veréis un céntimo!

—Es lo que le estaba diciendo —lloriqueó el señor Pulgas.

—Ha sido un error, Perla... —se lamentaba el Flaco.

—Como castigo —continuó Perla— repartiréis todo el contenido de la caja de los objetos perdidos: cada cosa, a su dueño. Ya podéis empezar, ¡y deprisa! ¡VENGA!

El Flaco y el señor Pulgas pusieron pies en polvorosa... o más que pies, sus esqueléticas patitas de ratón.

Perla los observó con atención. Primero, el Flaco y el señor Pulgas metieron el sonajero rosa en el cochecito azul. La madre se quedó muy sorprendida al verlo allí otra vez.

También devolvieron una taza a una de las familias que iban a merendar al parque, y depositaron una pluma perdida en el bolsillo de un hombre. ¡Nadie se dio cuenta!

Perla estaba radiante de alegría.

—Entre todos hemos resuelto el robo —dijo.

Y todos los animales estallaron a una:

—¡BRAVO!

Perla voló hasta su caparazón, y allí, con ayuda de la varita mágica, limpió el bolso de barro y de pelo de ratón, y reparó los mordiscos.

Al cabo de unos momentos, Perla vio a la señora Brown, que recorría el parque buscando su bolso perdido.

Perla se acercó al estanque y lo dejó sobre uno de los bancos, bien visible. Se escondió y pudo ver cómo la señora Brown lo agarraba con brío. determination

—¡Aquí está, aquí está! —gritaba de alegría, al recobrarlo en buen estado y con todas sus cosas. getting it back in good shape

Aquella noche, Perla tarareó una dulce canción mientras se preparaba la cena: pan de hada y refresco de margarita. No quería dinero de premio, porque: ¿qué recompensa podía ser mejor que aquella agradable sensación de bienestar?